GERDA

Editora Appris Ltda.
1.ª Edição - Copyright© 2022 dos autores
Direitos de Edição Reservados à Editora Appris Ltda.

Nenhuma parte desta obra poderá ser utilizada indevidamente, sem estar de acordo com a Lei nº 9.610/98. Se incorreções forem encontradas, serão de exclusiva responsabilidade de seus organizadores. Foi realizado o Depósito Legal na Fundação Biblioteca Nacional, de acordo com as Leis nos 10.994, de 14/12/2004, e 12.192, de 14/01/2010.

Catalogação na Fonte
Elaborado por: Josefina A. S. Guedes
Bibliotecária CRB 9/870

D186g
2022
	Danielsson, Júlia
	   Gerda / Júlia Danielsson, Carl Danielsson. - 1. ed. - Curitiba : Appris, 2022.
	      70 p. ; 21 cm.
	
	   ISBN 978-65-250-3248-1
	
	   1. Ficção brasileira. 2. Guerra Mundial, 1939-1945. 3. Hitler, Adolf, 1889-1945. I. Danielsson, Carl. II. Título.
	
	                                                      CDD – 869.3

Editora e Livraria Appris Ltda.
Av. Manoel Ribas, 2265 – Mercês
Curitiba/PR – CEP: 80810-002
Tel. (41) 3156 - 4731
www.editoraappris.com.br

Printed in Brazil
Impresso no Brasil

Júlia Danielsson
Carl Danielsson

GERDA

FICHA TÉCNICA

EDITORIAL
Augusto V. de A. Coelho
Marli Caetano
Sara C. de Andrade Coelho

COMITÊ EDITORIAL
Andréa Barbosa Gouveia (UFPR)
Jacques de Lima Ferreira (UP)
Marilda Aparecida Behrens (PUCPR)
Ana El Achkar (UNIVERSO/RJ)
Conrado Moreira Mendes (PUC-MG)
Eliete Correia dos Santos (UEPB)
Fabiano Santos (UERJ/IESP)
Francinete Fernandes de Sousa (UEPB)
Francisco Carlos Duarte (PUCPR)
Francisco de Assis (Fiam-Faam, SP, Brasil)
Juliana Reichert Assunção Tonelli (UEL)
Maria Aparecida Barbosa (USP)
Maria Helena Zamora (PUC-Rio)
Maria Margarida de Andrade (Umack)
Roque Ismael da Costa Güllich (UFFS)
Toni Reis (UFPR)
Valdomiro de Oliveira (UFPR)
Valério Brusamolin (IFPR)

SUPERVISOR DA PRODUÇÃO
Renata Cristina Lopes Miccelli

ASSESSORIA EDITORIAL
Manuella Marquetti

REVISÃO
J. Vanderlei

PRODUÇÃO EDITORIAL
Raquel Fuchs

DIAGRAMAÇÃO
Bruno Ferreira Nascimento

REVISÃO DE PROVA
Bianca Silva Semeguini

CAPA
Eneo Lage

COMUNICAÇÃO
Carlos Eduardo Pereira
Karla Pipolo Olegário
Kananda Maria Costa Ferreira
Cristiane Santos Gomes

LANÇAMENTOS E EVENTOS
Sara B. Santos Ribeiro Alves

LIVRARIAS
Estevão Misael
Mateus Mariano Bandeira

GERÊNCIA DE FINANÇAS
Selma Maria Fernandes do Valle

*A todos que passaram por guerras e
mesmo anônimos se tornaram heróis.*

AGRADECIMENTOS

A Carl Danielsson, por dividir suas lembranças.
À Rafael Benedito, pela contribuição histórica.

O que é o tempo? Quando quero explicá-lo não acho explicação.

(Agostinho de Hipona)

APRESENTAÇÃO

A ideia que numa guerra todos lutam e pegam em armas não traduz a realidade de um confronto. A população civil fica acuada na linha de fogo tentando sobreviver por anos a fio. Fica exposta à violência, à fome e à morte. Se vê obrigada a escolher um lado, a pegar em armas mesmo sem treinamento militar. A história de Gerda é exatamente sobre uma jovem não combatente que nunca tinha visto uma guerra, que tinha planos de entrar na universidade, de se casar, construir uma família, mas que teve os planos interrompidos com o advento da Segunda Guerra Mundial e a invasão de sua cidade pelos soldados nazistas.

Durante a Segunda Guerra Mundial, Gerda luta pela vida. De uma hora para outra o dia a dia deixou de existir para se viver minuto a minuto. A vida de Gerda não teria sido diferente da sua se ela não tivesse vivido em um país invadido e dominado por Hitler. Ela teve que superar a fome, o medo e a morte, incluindo a morte de seu pai, um simples carpinteiro, que ingressou nos grupos rebeldes e de guerrilha lutando contra a invasão alemã. Você teria tido a mesma coragem se tivesse nascido no lugar de Gerda? Você faria o mesmo? Você sobreviveria para contar a sua história?

SUMÁRIO

CAPÍTULO 1
O PLANO .... .17

CAPÍTULO 2
MEU SPARK 21

CAPÍTULO 3
A GUERRA NO MEU QUINTAL 26

CAPÍTULO 4
GRINI 30

CAPÍTULO 5
A SOBREVIVÊNCIA 33

CAPÍTULO 6
A VIDA MUDOU 37

CAPÍTULO 7
UM QUISLING 41

CAPÍTULO 8
"TOVARISCH!" 45

CAPÍTULO 9
PLANO EM AÇÃO 49

CAPÍTULO 10
DEPOIS DA GUERRA 53

CAPÍTULO 11
E A VIDA SEGUE 56

CAPÍTULO 12
AMIGOS OU INIMIGOS? 61

CAPÍTULO 13
A ALMA VIVE 66

Esta obra é uma ficção inspirada em acontecimentos reais.

CAPÍTULO 1

O PLANO

Quando o mundo gira, nós giramos com ele.

(Henrik Ibsen)

Já fazia um mês que essa ideia maluca passava pela minha cabeça: emigrar para a Suécia. Eu não seria a primeira, seria apenas mais uma em uma multidão. A guerra na Europa havia recém-terminado. Ninguém tinha certeza se Hitler estava vivo ou se realmente estaria morto. As notícias eram confusas e eu também não tinha muita certeza dos fatos, como a maioria das pessoas naquela época.

Nasci na Noruega, a terra dos Vikings, onde viviam os temíveis homens do Norte. Na sua essência, os Vikings eram tradicionalmente agricultores, comerciantes e pescadores. Naturalmente, devido às circunstâncias climáticas em uma terra gelada e sem recursos naturais, foi imprescindível para nós, os Vikings, viajar, explorar, invadir e saquear para conseguir comida. O que nos deu uma fama ruim entre nossos vizinhos. Éramos os temíveis Normandos, os Vikings!

Entretanto, no nosso ponto de vista, estávamos em uma luta pela sobrevivência em uma época hostil. De alguma forma nós sempre tivemos que lutar pela nossa independência para sobreviver como país. Primeiro a separação da Dinamarca e depois a separação da Suécia, que aconteceu aos trancos e barrancos para que pudéssemos nos tornar o que somos hoje: A Noruega, um país independente!

Minha família norueguesa era enorme. Tanto quanto as outras famílias da época. Quando eu nasci, a Primeira Grande Guerra havia terminado dois anos antes. A minha família já era composta de duas meninas, Hjördis e Marta, e morávamos na cidade de Lillehammer. Recebi o meu nome, Gerda, durante o batizado. O ano era 1920.

Gerda era um nome popular quando nasci e significa proteção, aquela que é o esteio da família. Seria eu esse esteio? Essa proteção? Como eu poderia realizar tão sublime missão que meu nome me impunha se a guerra havia devastado tudo antes do meu nascimento? Se não havia esperança nem para mim e nem para o meu país?

Eu cresci em uma atmosfera onde a guerra era um fantasma que ainda assombrava nossa família. Eu escutava os adultos comentando que a Primeira Guerra havia começado quando um grupo de jovens da Iugoslávia tentaram assassinar um tal de Francisco Ferdinando, que era arquiduque Austro-húngaro e sua esposa Sofia. Os jovens jogaram uma granada na sua carruagem, mas os rapazes não tiveram sorte, erraram o alvo. A primeira tentativa de assassinato não deu certo. Na confusão, a polícia prendeu alguns deles, outros escaparam. Mais tarde, no mesmo dia, por um azar do destino, quando o tal Francisco Ferdinando e sua família voltavam do hospital, o carroceiro que conduzia a carruagem incrivelmente errou o caminho e entrou na rua errada. Um dos jovens que havia feito parte do grupo e que tinha logrado escapar do cerco da polícia estava exatamente por ali à espreita. Ao ver a carruagem que se aproximava não teve dúvidas: sacou uma pistola e matou o arquiduque e sua esposa. Alguns meses depois desse incidente a confusão estava formada. O mundo entrou em guerra por quatro anos. Era a Primeira Guerra Mundial.

De repente, cada um tomou um lado de acordo com suas próprias crenças e interesses. Uma longa disputa entre as nações, reinos e impérios existentes no Continente Europeu foi se estendendo para o resto do mundo e acabou chegando nos Estados Unidos e até na África. O campo de batalha da guerra foi principalmente aqui na Europa. Os homens, agora transformados em combatentes, foram forçados a se esconder em trincheiras e atrás de arames farpados. De repente escutavam-se falar de alta tecnologia: uso de aviões, navios que podiam navegar embaixo da água, armas químicas, canhões, metralhadoras, tanques de guerra e a pólvora. A Noruega se manteve neutra na Primeira Guerra, assim como o nosso vizinho, a Suécia e tentamos evitar o conflito.

No final de 1918, último ano da Primeira Guerra, as notícias que chegavam via estações de rádio preocupavam muito meu pai e minha mãe. Eles já tinham duas meninas pequenas para cuidar, a fome batia à porta e as coisas que ouviam não eram boas. Meus pais mantinham atenção redobrada, pois começaram os rumores de uma a nova doença que parecia, ao que tudo indicava, ter começado na Espanha. Pelo menos era assim que os jornais anunciavam e que estava matando de forma desenfreada em todo mundo.

Os Aliados - que eram uma frente de vários países comandados pelo Reino Unido, Rússia, França e Estados Unidos -, haviam vencido a guerra contra as Potências de Centro, que eram formadas pela Alemanha, Império Austro-húngaro e Itália. Contudo, os Aliados mesmo vencendo a guerra, estavam perdendo muitos soldados para a nova doença, a Gripe Espanhola. Muitos combatentes estavam contaminados e morrendo. Quando voltavam para casa contaminavam suas famílias, e assim a Gripe Espanhola ia se alastrando pelo continente, e a Alemanha, diziam as notícias, derrotada na guerra estava sendo obrigada a reparar os danos aos países vencedores.

Meus pais estavam claramente com medo sobre a severidade dessa nova doença, porque os contaminados morriam rapidamente e podiam exterminar uma família grande como a nossa em poucos meses. A Gripe Espanhola já havia chegado na Noruega e matado muitas pessoas em uma cidade chamada Longylearbyen. Os moradores mais antigos que moravam na minha cidade sempre comentavam sobre um lugarejo chamado Tretten. Diziam que o nome era uma referência ao número de pessoas que restaram após o local ter sido infestado pela Peste Negra, uma pandemia que matou quase um terço da população da Europa na Idade Média e que, ao atingir a cidade, apenas treze pessoas sobreviveram ao surto. A cidade se chamava Tretten ou "os trezes" e não era muito longe de nossa cidade. Ficava um pouco ao Norte de Lillehammer e agora, muito tempo depois da Peste Negra, Tretten nos lembrava como uma doença pode ser devastadora. A Gripe Espanhola assustava meus pais e fazia a população relembrar histórias muito antigas.

Apesar das adversidades minha mãe e meu pai tiveram mais cinco filhos. No total éramos sete crianças. E todos sobrevivemos à nova gripe. Eu tive uma infância feliz em Lillehammer e minha família ia crescendo com o passar dos anos. Minha mãe Thea e meu pai Bernard Iversen estavam sempre fazendo filhos. Com o fim da Primeira Guerra e junto com o *boom* de nascimentos infantis nascemos eu, minha irmã Else, meu irmão Rolf e outras duas irmãs, Liv e Gunvor que, junto com Hjördis e Marta, nascidas durante a Primeira Guerra, formaríamos nossa imensa família de nove pessoas.

Eu apenas queria brincar com meus irmãos e aproveitar nossa infância com nossas brincadeiras de escorregar na neve usando nosso *spark* e nosso trenó. Não poderia imaginar que essa brincadeira de criança seria um treino para a jornada que eu faria no futuro. Futuro que agora se abria diante dos meus olhos e que seria realizada com a ajuda de todo o meu treinamento na infância ao brincar com meu *spark* de madeira construído pelo meu avô.

CAPÍTULO 2

MEU SPARK

Eu encontro esperança nos dias mais sombrios,
e foco nos mais brilhantes.

(Dalai Lama)

Os primeiros anos da minha vida se passaram de forma tranquila. Éramos muito pobres, assim como também era toda Europa recém-saída de quatro anos de guerra. A Primeira Guerra havia terminado quando eu nasci. Nós, os sobreviventes dos anos pós-guerra éramos, por consequência, os mais fortes da espécie humana, já que fomos os escolhidos para fazer parte da seleção natural de Darwin para continuar a nova geração.

- *Éramos os sobrevivemos da Gripe Espanhola!*

Durante o longo, frio e escuro inverno norueguês, usávamos o nosso *spark* para ir de um lugar ao outro. Nós tínhamos o *spark* como um meio de transporte, assim como hoje se utilizam carros ou bicicletas. Nosso *spark* era de madeira. Era basicamente duas longas bengalas paralelas que se estendiam muito para a parte traseira onde ficávamos em pé e que funcionavam como um trilho para deslizar sobre a neve. Uma perna ficava posicionada sobre o trilho e com a outra perna a gente impulsionava o *spark* que escorregava suavemente pela neve compactada.

Na parte da frente havia uma cadeira. Então, duas pessoas podiam viajar ao mesmo tempo. Algumas vezes viajavam uma mãe com uma criança pequena e nós também usávamos para transportar alimentos e ir ao médico. Fazíamos tudo de *spark*. Os carros estavam começando a se popularizar, mas nós não tínhamos condição financeira para comprar um. Apenas os noruegueses mais privilegiados e abastados já tinham conseguido comprar um automóvel e eles não eram muitos em todo o país. Eram os anos entre as guerras.

Após o fim da Primeira Guerra as coisas pareciam melhorar. Enquanto eu crescia, a vida transcorria em um ritmo lento e com alguma tranquilidade. Na Alemanha, Hitler havia alcançado o poder e agora era o Führer, o líder, o guia, aquele que conduz o povo. Confesso que não me preocupei. Eu tinha catorze anos e estava interessada com outras coisas. Tinha meus próprios problemas para resolver: meus vestidos, minha festa de aniversário de quinze anos que se aproximava, os rapazes que eu conhecia e que já demostravam interesse por mim. Nessa época eu não tinha como saber, mas anos mais tarde, Hitler que já vinha causando preocupação por sua política, decidiu invadir a Polônia em uma tentativa de reaver os territórios que a Alemanha havia perdido na Primeira Guerra. A Polônia não teve como oferecer resistência. Era a luta de soldados poloneses usando cavalos contra os poderosos canhões de guerra alemães e a Polônia caiu dominada frente ao potente e treinado exército de Hitler.

A Alemanha, que havia sido derrotada na Primeira Guerra, estava pagando altos tributos para os países vencedores. Claro que isso gerou uma enorme revolta nos alemães e um sentimento de revanche, já que desejavam ter as finanças em ordem e reconstruir o país após a guerra perdida. Dentro desse sentimento nacional, o Partido Nazista Alemão comandado por Adolf Hitler chegou ao poder em 1933, armou e treinou o exército e em 1939 invadiu a Polônia. E assim deu-se início à Segunda Guerra, justamente 21 após o término da Primeira.

Eu tinha completado 19 anos há três meses. Havíamos tido uma festinha em casa e algumas amigas compareceram. Entre elas estava Martine, a minha melhor amiga desde os tempos da escola primária. Crescemos unidas, frequentávamos a igreja local, nadávamos nuas e sem pudor nos lagos, íamos as festas e havia os garotos... *Ah! os garotos.*

Nossos preferidos eram Terje, Björn, Kjell e Haakon, que sem dúvida alguma era o mais bonito de todos e pelo qual nós duas estávamos apaixonadas. Haakon era o típico norueguês, olhos azuis, loiro, tímido e de poucas palavras. Talvez fosse um pouco inseguro, o que eu e Martine achávamos ser um charme. Era bom nadador desde a infância. Aprendeu a nadar muito cedo. Seus pais se preocupavam por ele ser sempre o menor da turma. Haakon era um pouco mais baixo para média dos rapazes da sua idade. Isso não fazia diferença para mim ou Martine, mas para ele era um problema que o deixava desconfortável algumas vezes. Martine e eu planejávamos ir para Oslo no final do ano. Iríamos visitar a universidade. Ainda não havíamos decidido se seríamos professoras ou enfermeiras. O futuro nos esperava, mas com o início da guerra nossos sonhos tiveram que esperar.

Já escutávamos rumores que uma possível guerra estaria para começar. Todos nós preparávamos as provisões, fazíamos doces, picles, salgávamos carne, armazenávamos grãos de trigo, aveias e batatas. Fazíamos compotas de frutas e sucos concentrados de maçã e todas as tardes cortávamos madeira para o inverno. Guardávamos tudo no nosso porão, nos prevenindo para dias e anos difíceis que provavelmente seriam de escassez, acrescidos de longos invernos e onde não se poderia plantar ou colher. Apesar de tudo, esperávamos que a guerra não chegasse até nós.

Era setembro. Algumas árvores, como as tramazeiras estavam começando a mostrar os primeiros sinais de que o outono se aproximava e já exibiam algumas folhas alaranjadas no topo de suas copas e os frutos já começavam a se avermelhar. Eu estava chegando da escola quando a notícia que trazia tanto medo chegou pelo rádio.

- *Começou a Guerra!*

No início da guerra, algumas nações como a França, Polônia e a Inglaterra se uniram formando as Forças Aliadas para lutar contra as nações do Eixo formada pela Alemanha, Japão e Itália. Conforme a guerra ia tomando volume, outros países iam aderindo ao conflito, sempre de acordo com as vantagens que achavam que poderiam tirar da guerra e cada um ia novamente escolhendo seu lado. A Alemanha nazista resolveu invadir a União Soviética em junho de 1941 na Operação Barbarossa. Dessa forma, os soviéticos que já estavam guerreando contra a Finlândia, entraram na Guerra contra a Alemanha e ao lado dos Aliados. A Finlândia, que tinha os soviéticos como inimigos, aceitaram a ajuda da Alemanha nazista para combater a União Soviética. E assim os outros países Aliados declararam guerra contra a Finlândia. Era uma guerra particular dentro da Segunda Guerra.

Os Estados Unidos entraram na guerra quando os japoneses bombardearam Pearl Harbor. Já era dezembro de 1941 quando a marinha japonesa atacou uma base da marinha americana no Havaí destruindo os navios de guerra que estavam ancorados na baía. A perda americana foi grande. Praticamente não ficou nenhum navio sem estar avariado e o então presidente Franklin Roosevelt declarou guerra contra o Japão e as potências do Eixo. Nem todo mundo tomou partido na guerra. Alguns países decidiram ser neutros na tentativa de evitar um conflito. Portugal, Suíça e Suécia conseguiram ficar neutros. Entretanto, se falava à boca pequena que os suecos estavam ajudando os Aliados. Nós também tentamos permanecer longe do conflito. Declaramos a nossa neutralidade, mas Hitler tinha outros planos para nós.

Minhas irmãs Hjördis e Marta se gabavam de ter experiência, elas já sabiam o que fazer. Já haviam visto uma guerra. Embora fossem muito pequenas na época, elas ainda lembravam de como agir. Haviam aprendido como se esconder ou ficar quietas e principalmente sabiam como não tomar partido ou discutir com coleguinhas na escola sobre quais dos lados escolher.

- *As forças do Eixo ou dos Aliados?* Era uma pergunta que se deveria fugir em público.

GERDA

Para mim e meus outros irmãos, Else, Rolf, Liv e Gunvor, que a essas alturas estava com 10 anos, era tudo muito assustador. *O que seria de nós? Teríamos comida? Será que guardamos o suficiente? Havíamos nos preparados? A guerra duraria um mês? Dois? Anos? Será que a gente poderia continuar indo à escola?* Nós não sabíamos o quanto a vida mudaria.

No primeiro ano da guerra a nossa vida seguiu como sempre. Minha mãe trabalhava como assistente de limpeza para a rede ferroviária em Lillehammer e realizava a faxina diária dos trens que chegavam na estação. Meu pai era carpinteiro e trabalhava em uma antiga fábrica de móveis. Minha irmã Marta trabalhava em um laticínio que fabricava queijo e manteiga. Lá se fabricava um queijo marrom, meio adocicado, muito comum e apreciado chamado *Gudbrandsdalsost*.

Rolf já tinha iniciado uma carreira como boxeador e até havia participado de algumas lutas na liga nacional de boxe com algum reconhecimento. Era uma promessa do esporte.

CAPÍTULO 3

A GUERRA NO MEU QUINTAL

Não adianta dizer:
"Estamos fazendo o melhor que podemos.
Temos que conseguir o que quer que seja necessário".

(Churchill)

A Guerra havia começado e estava a todo vapor. Hitler parecia estar em vantagem e ganhando terreno. Em 1940, com apenas sete meses do início da guerra nós fomos invadidos! A ocupação alemã no país foi rápida e certeira. Estávamos em desvantagem. Ouvíamos pelo rádio como a luta se travava no mar, no Norte do nosso país, e como a nossa frota era incapaz de nos defender e o porto de Narvik foi conquistado. O consolo é que nós não estávamos sozinhos. Os bravos soldados das Forças Aliadas estavam nos ajudando e lutando conosco. Mas a realidade é que, tal qual os poloneses, não conseguimos oferecer uma resistência longa. Oslo, a nossa capital foi conquistada rapidamente. Vários paraquedistas saltaram sobre a cidade e a tomaram de assalto. Nosso rei teve que fugir. Em seu caminho para a fuga passou alguns dias escondido em Lillehammer até conseguir escapar do país indo se refugiar em Londres.

- *Nós ficamos!*

A Noruega se rendeu e fomos ocupados. Dessa forma, a guerra chegava à minha cidade e começava a se desenrolar no quintal da minha casa.

GERDA

Todos nós, em nossas casas, nas ruas e até nas igrejas costumávamos discutir qual seria o motivo da invasão, qual o propósito de Hitler? Seria o controle sobre a costa norueguesa? Como isso facilitaria os planos de Hitler para atacar a Inglaterra? Seria a produção de ferro na Suécia? Sabíamos que Hitler precisava dessas reservas para a fabricação de armas e para a construção de trilhos para os trens usados na guerra que serviriam inclusive, em um futuro próximo, para transportar milhares de judeus para os campos de concentração, de extermínio. Mas a Suécia havia adotado uma posição de neutralidade e não havia sido invadida. Ou será que seria? Estávamos derrotados, mas não desistimos de lutar.

- *Somos Vikings!*

Logo se formaram grupos de resistência. As Forças de Liberação da Noruega, libertadores da pátria, que lutariam contra a invasão alemã em uma Noruega ocupada. Grupos de apoiadores da ocupação e de Hitler já havia aos montes. Muitos de nossos vizinhos e muitos políticos apoiaram a invasão. Vidkun Quisling era um político apoiador da invasão e subiu ao cargo rapidamente para comandar o país durante a ocupação. Mas não ficou muito tempo no cargo, foi logo deposto. Ele era detestado por muitos noruegueses e amado por outros tantos.

A guerra continuava e a minha cidade estava cada dia mais cheia de rebeldes que insistiam em não desistir. Formou-se então um grupo de resistência à ocupação alemã embaixo da minha janela. A maioria dos homens não eram soldados e tão pouco tinham treinamento militar ou armas e tudo começou a tomar forma muito devagar. O movimento de resistência cresceu na surdina e em segredo. Com o passar dos meses estava presente entre alguns empresários, nas igrejas e nas escolas, deixando os nazistas descontentes, pois eles achavam que teriam mais apoio popular já que como loiros, nórdicos e brancos seríamos uma raça superior.

Meu pai se tornou um rebelde, um defensor da pátria, um soldado da liberdade. Era apenas um carpinteiro que desejava expulsar os alemães a qualquer custo, mesmo que isso implicasse colocar sua vida em risco todos os dias. Minha irmã Hjördis faleceu nesse período. Não tivemos condição de fazer muito por ela. Ela já estava casada e já tinha três filhos, mas a guerra impediu um tratamento melhor para uma doença que ela vinha sofrendo. Ela tinha alguma coisa errada no coração que nunca soubemos o que era e não resistiu. Talvez tivesse sobrevivido se tivesse tido a chance de receber o tratamento médico adequado, mas com o país ocupado e com nosso pai envolvido no movimento de resistência a tarefa se tornou impossível.

Papai desaparecia por muitos dias e quando aparecia estava irreconhecível, magro, faminto, barba por fazer e cabelos compridos. Como não sabíamos quando ele ia aparecer, mantínhamos sempre um padrão. A casa precisava ficar fechada durante todo o dia, mesmo no verão. Quando abríamos as janelas eram sempre nas mesmas condições para não despertar a atenção de algum vizinho que poderia desconfiar e nos delatar para o partido nazista. Não fazíamos nada de diferente, era tudo sempre igual, mantendo uma normalidade aparente.

Meu pai participava das guerrilhas, fazia bombas, participava de explosões, tiroteios, fazia Coquetel Molotov e o que mais fosse possível na luta contra os soldados invasores de Hitler. Minha mãe continuava fazendo faxina nos trens e na estação, que agora chegavam cheios de nazistas. Meu irmão Rolf, por ser boxeador e já galgando uma pequena elite no esporte, acabou se tornando o Número Um na Noruega. Por isso não precisou entrar nas fileiras da luta armada e continuava seu treinamento da melhor forma que podia, tentando ignorar a guerra.

Nessa época, os três filhos da minha irmã Hjördis vieram morar conosco. O pai das crianças se engajou na luta de resistência após a morte dela. Ele terminou sendo baleado alguns meses depois. Levou um tiro nas costas dado por um soldado das forças armadas alemãs quando tentava escapar de um cerco que deu errado e ele não conseguiu tempo suficiente para passar por baixo de uma cerca de arame farpado. O tiro foi certeiro e ele morreu instantaneamente. Seu corpo ficou exposto naquela cerca por meses, sem poder ser retirado - iria servir como um aviso para outros que estivessem pensando em realizar ato semelhante. Marta continuava trabalhando na fábrica de laticínios. Eu tomava conta de meus irmãos menores e cuidava para que a comida durasse mais que a guerra.

CAPÍTULO 4

GRINI

Num mundo que se faz deserto,
temos sede de encontrar um amigo.

(Antoine de Saint-Exupéry)

Era tarde, quase noite. Rolf estava voltando do treino de boxe. A rua estava mal iluminada e ele já não estava muito longe de casa. Poderia ter apenas virado a esquina, mudado de calçada, mas Rolf nunca deixaria uma injustiça acontecer diante dos seus olhos. De longe, em um beco, avistou um grupo de alemães. Ao se aproximar um pouco mais, já que teria indubitavelmente de passar pelo local, viu que um grupo de soldados estava espancando um jovem norueguês. Pelo menos ele julgou que o rapaz fosse norueguês porque não ouviu nenhuma palavra. Rolf apenas escutava o som surdo das diversas pancadas que o rapaz recebia dos coturnos negros e brilhantes que eram usados pelos soldados. Enquanto os soldados desferiam golpes nas costas, cabeça e no peito do rapaz, Rolf pôde ouvir alguns grunhidos abafados. Os soldados, ao contrário, xingavam e gritavam em voz alta e diziam coisas sobre o jovem ser um pedaço de nada e que ele deveria se sentir orgulhoso de ter nascido em um país que faria parte do Terceiro Reich e seu império. Foi tudo o que Rolf conseguiu ouvir à medida que se aproximava. Eram muitos soldados. Provavelmente uns oito ou nove e estavam todos armados. Rolf tentou ver melhor o que estava acontecendo e tomou todo o cuidado para não ser visto. Apertou os passos, andou o mais rápido que conseguiu para

GERDA

chegar à esquina. Ao passar pelo local da agressão prestou atenção para ver o que acontecia apenas olhando pelos cantos dos olhos.

- Não estava com medo, isso não!

Estava muito chateado, muito irado com o que estava presenciando. Um sentimento de raiva e angústia tomou conta de seus pensamentos. Ele sabia que seu pai estava entre os não apoiadores de Hitler, sabia que seu pai, um simples carpinteiro, não estava nas fileiras militares, mas sim, atuando nas guerrilhas, no exército de rebeldes. Pessoas que formavam grupos de resistência lutando contra os invasores. Homens que não estavam militarmente preparados para o campo de batalha, mas que agiam todos os dias na penumbra para libertar a Noruega da ocupação nazista.

Imaginou que aquele desconhecido poderia ser um cúmplice de seu pai e naquele momento algumas perguntas lhe invadiram o pensamento. E se o jovem não suportasse a surra e falasse? E se o rapaz delatasse outras pessoas? Será que seu pai poderia ser o próximo naquela situação?

Rolf não pôde fazer nada naquele dia. Tentou memorizar o rosto do alemão em comando, aquele que parecia dar as ordens. Ele achou que poderia reconhecê-lo no futuro. Por mais que desejasse não conseguiu ajudar o rapaz naquele momento. Rolf era boxeador, havia atingido a plena forma física, continuava subindo de posição e alcançando cada vez mais uma posição de elite do esporte mesmo durante os anos de guerra. Ele poderia vencer dois ou três soldados facilmente, mas Rolf raciocinou - o que definitivamente não era seu forte - e decidiu não agir. Todos os soldados estavam armados, ele não teria a menor chance.

Alguns dias mais tarde Rolf voltava do treino e no mesmo local avistou novamente dois ou três soldados alemães. Desta vez havia um soldado que ele julgou reconhecer. Achou que já havia visto aquele rosto antes. Sim, era o mesmo homem que massacrara o jovem ao qual Rolf julgava que já deveria estar morto pela surra que havia levado. De repente, o tal soldado alemão se afastou dos demais e ficou sozinho na rua. Rolf, imbuído da raiva que o consumia desde a semana anterior, aproveitou todo seu treinamento e conhecimento de boxeador. Esperou o momento certo e atacou de surpresa o soldado com golpes de boxe, desferiu Cruzados, Diretos, Ganchos... bateu muito, muito mesmo. O soldado não teve a menor chance. Ficou caído no chão sem consciência, mas vivo.

Rolf não teve tempo de fugir. Tão empenhado que estava em acertar os golpes não notou que os outros soldados se aproximavam. Em um piscar de olhos ele se deu conta da situação em que se encontrava. Ele não havia batido em um soldado; era o comandante. Estava escuro e ele não tinha conhecimento militar suficiente. Na ânsia de se vingar não identificou corretamente a patente. Por sorte ele não foi metralhado e morto naquela noite. Foi reconhecido como boxeador que era e afortunadamente um dos soldados gostava de boxe norueguês e meu irmão foi enviado para um campo de concentração.

Polizeihäftlingslager Grini era um campo de concentração que ficava próximo da capital Oslo. Nos anos antes da guerra nós costumávamos visitar Oslo frequentemente. Em geral eram duas ou três vezes por mês para tratarmos de diversos assuntos. Porém, depois da ocupação Oslo havia se tornado uma cidade alemã.

Rolf chegou em Grini no final de 1943 e lá ficou. Em Grini havia muitos presos políticos e eram todos aqueles que se posicionaram contra a ocupação: advogados, químicos, ganhador do prêmio Nobel, soldados russos capturados em batalha, poetas, esquiadores e agora um boxeador medalhista de ouro norueguês também estava lá engrossando as fileiras de noruegueses mandados para o campo de concentração. Havia cerca de quatro mil prisioneiros em Grini. Muitos eram deportados para outros campos de concentração durante o dia ou a noite. Havia prisioneiros chegando e partindo o tempo todo e ninguém sabia ao certo para onde.

Gestapo, a polícia secreta nazista estava sempre testando a melhor tortura possível de ser aplicada, qual causaria a dor mais profunda e seria mais útil para que o prisioneiro não se negasse a falar o que quer que fosse. Mas havia um tipo de tortura que os soldados faziam apenas para se divertir e por essa tortura Rolf teve que passar por diversas vezes.

CAPÍTULO 5

A SOBREVIVÊNCIA

Até que o sol não brilhe,
acendamos uma vela na escuridão.

(Confúcio)

Com ou sem motivos Rolf era torturado. Qualquer razão servia para iniciar uma seção de tortura. Suas mãos eram postas sobre uma mesa e embaixo das suas unhas eram colocadas farpas fininhas de madeira com as pontas bastante afiadas. As farpas eram marteladas para dentro, uma a uma, causando uma dor imensa e muito sangramento. E quando o torturador assim o desejava, podia aumentar a tortura colocando fogo nas estacas que estavam enfiadas embaixo das unhas e deixavam queimar junto com os dedos. Essa tortura poderia durar por duas ou três horas e se repetir durante dias. Isto fazia com que muitos prisioneiros tivessem gangrena e sofressem a perda dos dedos e algumas vezes as mãos tinham que ser amputadas. Para os soldados era apenas uma diversão que costumavam usar quando estavam entediados, pois poderiam cortar lentamente com uma faca ou um canivete os dedos gangrenados dos prisioneiros.

No início da guerra a União Soviética havia assinado um pacto de não lutar contra a Alemanha. Mas então os nazistas invadiram a União Soviética e um novo conflito dentro da guerra começou. A União Soviética e seu Exército Vermelho comandado por Stalin costuraram um acordo com os países da Força Aliada e por causa disso havia soldados soviéticos lutando em vários campos de batalha pela Europa. Aqui na Noruega também havia soldados soviéticos e muitos desses soldados capturados em batalha estavam em Grini. Rolf não era político, não gostava de política, tampouco se envolveu na luta de guerrilha como nosso pai. No campo de concentração conheceu muitas pessoas. Algumas sobreviveram às torturas e à fome no campo de concentração, a maioria não. As condições em Grini não eram boas, não tinham saneamento, banheiro ou água tratada. A comida - quando tinha - era uma sopa rala de água e batatas. Por um pedaço de pão se matava e morria.

Em Grini, Rolf fez muitos amigos, aprendeu poesia e canto com alguns detentos. Também aprendeu a resistir e a lutar pela vida. Sempre havia lutado, o significado da palavra luta lhe era bem familiar. Sempre havia lutado com as mãos e os punhos, só que agora com as mãos enfraquecidas pela fome e pela tortura diária que sofria elas já não serviriam mais para a prática do boxe e ele sabia.

- Aceitou com resignação: - seu futuro no boxe havia terminado.

Enquanto Rolf estava no campo de concentração, meu pai continuava com suas investidas e participações nos grupos de resistência que agora eram muitos e estavam em todas as partes. Muitos participantes das forças de libertação da Noruega eram perseguidos diuturnamente pela polícia nazista. Se tivessem sorte conseguiam fugir para a Suécia e de lá em segurança continuavam suas atividades. Na Suécia montavam estratégias de ação acompanhados de outros suecos que também eram incentivadores do movimento e que pretendiam impedir o avanço das tropas de Hitler. Como parte de uma dessas ações, chegaram a explodir na Suécia a estação central de trem de Krylbo, que era usada pelos nazistas para transporte de ferro, além de seguir montando planos de fuga para ajudar pessoas importantes ou famílias inteiras de judeus noruegueses a chegar em segurança ao outro lado da fronteira. E assim iam fazendo um trabalho de formiguinha para minar e sabotar o avanço alemão.

GERDA

Era inverno. O grupo em que meu pai militava havia planejado uma investida contra os soldados alemães. Estava tudo milimetricamente planejado. Usariam tática militar e só se esqueceram que não eram militares. O atentado seria próximo a Lillehammer. Meu pai e seus parceiros conheciam bem o terreno e não tinha como nada dar errado. Preparam todo o material necessário: pólvora, armas e explosivos. O plano era atacar de surpresa a tropa alemã que estaria trazendo consigo alguns prisioneiros de guerra que eles desejavam libertar. Dariam liberdade aos seus companheiros que voltariam a engrossar o número de participantes nos grupos para a libertação.

O comboio alemão composto de carros e soldados veio se aproximando e em determinado local da estrada foram atacados pelo grupo de resistência que lutavam pela libertação da pátria. Na confusão que se formou durante a ação, uma granada de mão foi jogada e explodiu nas costas do meu pai, o atingindo em cheio. A ação planejada durante meses não teve êxito e desta vez os rebeldes tiveram que recuar diante do contra-ataque poderoso dos alemães. Meu pai foi carregado pelos amigos e levado a um hospital de campanha. Faleceu dois dias depois pela gravidade de seus ferimentos. Era o final de 1944. A essa altura, meu irmão Rolf já estava no campo de concentração havia um ano, Hjördis havia morrido por falta de possibilidade de socorro e agora meu pai caía em combate.

Nossa família estava fortemente involucrada com os acontecimentos da guerra. Havia um primo que estava envolvido em um plano secreto para sabotar uma fábrica. Era a central hidroelétrica de Vemork, onde se fabricava a chamada água pesada que seria usada em um projeto para a construção de uma bomba. Alguns anos antes, um certo cientista alemão chamado Einstein que havia fugido da Alemanha nazista no início da guerra, teria supostamente alertado o presidente dos Estados Unidos sobre uma tecnologia nova que estava nas mãos de Hitler e que seria terrivelmente fatal. Era uma bomba construída com urânio. Hitler planejava construir uma bomba atômica. Seria o primeiro a usar a bomba mais fatal e mais perigosa que o mundo já havia conhecido. Pretendia atacar a Inglaterra com a tal bomba e dessa forma ganhar a guerra.

A central hidroelétrica que produzia a água pesada, o principal produto para a fabricação da bomba, estava funcionando em toda sua capacidade aqui na Noruega e Hitler estava muito perto de conseguir concretizar a construção da bomba. Várias tentativas de explodir a fábrica foram feitas sem sucesso. Em uma dessas tentativas um grupo com mais de 30 homens tentou atacar a fábrica usando um avião, mas foram abatidos. Os que não morreram na queda foram capturados pela Gestapo e mortos. Essa notícia se espalhou rápido entre as milícias para a libertação. A derrota ou o medo da morte, caso a captura ocorresse, não impediu uma nova tentativa alguns meses depois. Um grupo de noruegueses - e entre eles estava meu primo -, em uma missão de vida ou morte, usando uniformes de soldados ingleses para despistar os nazistas tentaram novamente. Lograram destruir a fábrica e interromper a fabricação da bomba. Hitler teve que recuar, a bomba atômica não foi construída, a Inglaterra não foi destruída e o mundo se livrou de ser governado pelo Führer.

A guerra continuava e nossa vida se tornava cada vez ficava mais e mais difícil. A fome já batia à nossa porta, a comida era escassa. A possibilidade de futuro, escola, universidade e os rapazes já não eram mais um gênero de primeira necessidade para mim. A sobrevivência era. Meu primo, que participou da ação que impediu os planos de Hitler, sobreviveu à guerra e teve uma vida longa. Faleceu já avançado em idade em Lillehammer. A Noruega nunca esqueceu seu feito heroico e escreveu na sua lápide palavras de agradecimento em honra à sua demonstração de valentia e ideal de liberdade que ele cultivou pelo país.

CAPÍTULO 6

A VIDA MUDOU

As despedidas são apenas para aqueles que amam com os olhos. Porque para quem ama com o coração e alma a separação não existe.

(Rumi)

Em alguns raros domingos íamos a igreja. Era principalmente para saber o que estava acontecendo. A intenção era saber quem ainda estava vivo. Os ritos da missa, orar ou receber os sacramentos já não faziam mais sentido. Nessas ocasiões, por algumas vezes, eu me encontrava com minha querida amiga Martine. Martine já não tinha mais a juventude iluminada que resplandecia sobre seu rosto. Seus longos cabelos loiros e olhos azuis já não expressavam sua juventude. Estava emagrecida e apática, ficava com o pensamento longe e o olhar distante como se perguntasse: *O que aconteceu com nossas vidas? Que pecados cometemos? Como poderá ser nosso futuro? Teríamos um futuro?* Quando eu via Martine assim tão descontente da vida e com a aparência tão envelhecida - mesmo quando ela usava seu lindo vestido de festa que ela normalmente costumava vestir para ir à igreja - eu me pegava pensando em como todos nós estávamos envelhecidos. Era como se eu olhasse em um espelho. Martine me refletia.

Eu cheguei em casa e cortei os cabelos. Procurei uma tesoura em todas as gavetas e não achei, encontrei uma faca já meio cega. Fui cortando aos poucos, aos tufos. Não era importante a qualidade do corte, mas a sensação de fuga da realidade que ele me proporcionou que eu nunca vou esquecer. Era como se eu tirasse um peso de cima dos meus ombros, uma sensação de liberdade e oxigenação, era como se eu pudesse respirar todo o ar que estava a minha volta até me saturar de vida.

Nossa vida havia mudado. Essa realidade também era verdade para os rapazes de nossas vidas; minha e de Martine. Aqueles mesmos meninos que há apenas alguns anos tínhamos certeza de que um deles seguiria conosco até o altar, e em um dia de primavera iríamos dizer um grande e suntuoso SIM perante o padre de nossa cidade. E que em uma cerimônia linda e repleta de parentes e amigos nos tornaríamos marido e mulher até que a morte nos separasse. Entretanto, nenhum de nós havia pensado na possibilidade de uma guerra nos separar.

Vez por outra me encontrava com Haakon. Ele havia se alistado no exército alemão e usava um uniforme militar com botas extremamente reluzentes. As botas de Haakon eram as mais limpas entre todos os soldados. Tinha um olhar altivo, de superioridade. Para Haakon todos os noruegueses que não estivessem apoiando a ocupação nazista explicitamente não faziam parte daquele futuro maravilhoso que Hitler prometia. Haakon já não era mais aquele jovem tímido, de olhar cabisbaixo; havia mudado. Agora falava alto, olhava por cima. Provavelmente ele personificava o que sempre quis ser. Já em nada lembrava aquele garoto por quem eu e Martine éramos apaixonadas, que corria conosco pela relva brincando de pega-pega até cairmos de cansaço na beira do lago, os três exaustos, com a respiração apressada, quase sem conseguir fôlego, sorridentes e felizes e eu costuma pensar:

- *Quem vai ganhar o coração de quem? Haakon será meu ou de Martine?*

Kjell, meu querido amigo de infância foi morto logo no primeiro ano da Guerra e ainda não tinha completado os 20 anos. Estava prestando serviço militar quando tudo aconteceu. Se encontrava em Oslo para seu primeiro treinamento quando a cidade foi invadida. De repente, os paraquedistas alemães estavam caindo do céu sobre suas cabeças. Após alguns dias de luta Kjell tombou em combate da mesma forma como nossa capital. Logo após a tomada de Oslo, a família real teve que fugir e na fuga passou por Lillehammer trazendo a guerra até minha cidade, meu quintal e para baixo da minha janela.

Terje era judeu norueguês. Se chamava Terje Jakob. Seus pais e irmãos desapareceram durante a guerra. De alguma forma Terje escapou durante aquela noite em que a Gestapo invadiu sua casa e levou sua família cativa. Teve a ajuda de vizinhos e conhecidos para ficar escondido em porões durante algumas semanas e neste período planejou junto com o amigo de infância Björn como fugir para a Suécia.

Björn era um pacifista. Gostava de tocar piano e de cantar, sempre teve alma de artista. Antes da guerra planejava ir a Oslo participar de um concerto musical. Não desejava se alistar no exército alemão e nem tão pouco fazer parte dos grupos de libertação para a Noruega. Terje e Björn eram jovens e fortes. Conseguiram deixar Lillehammer em uma noite fria de inverno de 1943. Não foi fácil. Passaram por muitas perseguições que envolveram até os temíveis e assustadores cães usados pelos soldados de Hitler. Conseguiram chegar na Suécia usando a estratégia que haviam planejado antes da viagem. Iriam caminhar pela floresta congelada, em silêncio. Durante a noite descansariam o menos possível, se esquivariam das patrulhas e dos cachorros apagando os rastros deixados na neve. Apesar do frio intenso que foram obrigados a suportar chegaram na Suécia em relativa segurança, apesar dos percalços.

Sempre que podiam mandavam algumas notícias que, através de uma pessoa ou outra, chegavam até mim e então eu sabia que era possível sair da Noruega. Mas eu ainda tinha irmãos que ajudava a cuidar. Se seu fugisse da Noruega quem cuidaria deles? Como minha mãe continuaria a trabalhar para ter algum dinheiro que era cada vez mais escasso?

A ideia de ir para a Suécia começou a florescer. Comecei a imaginar como ou quando seria. Repetiria os passos de Terje e Björn? Seria mais fácil fugir em dupla ou sozinha? Se fosse em dupla a quem eu confiaria as minhas intenções? A uma amiga? A uma das minhas irmãs? Será que a Martine iria querer seguir nessa aventura? Como iríamos? Quem nos ajudaria? Como passar na fronteira que era muito vigiada e tinha atiradores de prontidão dia e noite entre a Noruega e a Suécia? A guerra ainda falta muito para acabar? Eu cultivava essa e outras preocupações constantemente na minha cabeça durante todo o tempo. Os Aliados estão ganhando ou perdendo? Havia alguma esperança de tempos melhores?

- Sim, havia.

No verão de 1944 notícias melhores começaram a ser veiculadas nas rádios. Os Aliados haviam desembarcado na Normandia em uma praia que fica localizada no norte da França e com muito esforço foram ganhando território. No verão lograram libertar Paris que havia sido invadida anos antes, quando havia se tornado uma cidade controlada por nazistas e era, naturalmente, o orgulho de Hitler. O desembarque na Normandia foi o pontapé inicial que favoreceu muito mais tarde a libertação do Continente Europeu e o fim da guerra. Esse foi o Dia D. O dia do início da vitória.

As notícias de libertação começavam a chegar de todas as partes, mesmo da Polônia que estava arrasada e onde as lutas haviam sido aterrorizantes. Esporadicamente, as notícias diziam que alguns poucos grupos de resistência lá na Polônia insistiam em lutar feroz e arduamente, mesmo após longo período de ocupação alemã e da quase total destruição de Varsóvia. Começavam assim a surgir os primeiros rumores do enfraquecimento do exército nazista. Surgiam as primeiras nuances de um sentimento de esperança de que a derrota dos alemães não estaria longe, já que os Aliados estavam ganhando terreno.

- Mas a guerra ainda iria durar mais um pouco.

CAPÍTULO 7

UM QUISLING

*Se alguém salvar uma vida, será como se tivesse
salvo toda a humanidade.*

(Alcorão)

O ano de 1945 começou com alguma esperança, pois chegavam notícias que o exército de Hitler havia sofrido inúmeras derrotas. As notícias eram animadoras, os Aliados estavam avançando e nós comemorávamos com muito cuidado a cada investida bem-sucedida.

Já havíamos perdido muito. Havíamos perdido pessoas queridas e queríamos preservar aquilo que ainda nos restava: nossa casa e nosso quintal. Nos fundos do nosso terreno havia uma pequena plantação de batatas. A fome apertava e precisávamos contar com a ajuda de alguns amigos que ainda tinham como conseguir comida. Na nossa comunidade, dividíamos o pão como fez Jesus. Era quase um milagre diário, e claro, se tivéssemos acesso há alguns feijões também repartíamos com os vizinhos porque nunca sabíamos quando iríamos comer novamente. A única ajuda que recebíamos do governo de ocupação eram 500 gramas de margarina por família e que deveriam durar um mês inteiro.

A morte de meu pai e sua participação no grupo de rebeldes e meu irmão no campo de concentração nos colocava em situação perigosa. Éramos considerados escória por aqueles que defendiam o nazismo. Não sabíamos se Rolf estava vivo ou morto, se havia sido transferido para um outro campo ou se permanecia em Grini. Algumas vezes implorei a Haakon por notícias sobre Rolf em nome da nossa antiga amizade. Ele sempre dizia que não trabalhava em Oslo e se pudesse, talvez, só talvez, ele mandaria notícias. Nunca mandou.

Por vezes ele e outros soldados entravam na nossa casa para verificar se teríamos algo a esconder, se havia comida escondida, um judeu ou alguém do antigo grupo de rebeldes ao qual meu pai era filiado. Acho que Haakon gostava de me ver implorar por meu irmão Rolf e eu sempre o fazia.

Haakon entrava em nossa casa a qualquer hora do dia ou da noite e procurava por qualquer indício de traição. Procurava também algum sinal de Terje, seu amigo de infância e juventude.

Quando ajudávamos alguém, fazíamos com a máxima discrição possível. Tínhamos muito medo. Quem se atrevia a esconder um judeu ou um fugitivo das forças rebeldes no porão de casa colocava a vida em risco. Eram tempos estranhos esses que estávamos vivendo. Os judeus e os rebeldes eram os nossos vizinhos. Um judeu ou um guerrilheiro era um norueguês como todos nós éramos e que de repente deveria passar a ser nosso inimigo, tínhamos, portanto, que ter muito cuidado. Qualquer um poderia ser um traidor, um *Quisling*, como passamos a chamar qualquer norueguês que estava do lado alemão. Vidkun Quisling foi um dos primeiros noruegueses a trair a pátria e a assumir publicamente um cargo no novo governo, ele se colocou do lado daqueles que nos invadiam. Nós começamos a chamar todos os noruegueses que apoiavam a invasão de *Quisling*, uma vez que seu nome virou sinônimo de traidor. Haakon era mais um *Quisling*, um traidor. Um traidor da pátria e traidor das nossas amizades.

- *Por que você procura por Terje?*, perguntei em uma certa ocasião.

- *Porque ele é judeu.* Respondeu Haakon.

Eu insisti:

- *É seu amigo.*

Ele também insistiu respondendo de forma grossa e seca:

- *É judeu.*

No último ano da Guerra minha família estava reduzida e somente sobraram mulheres e crianças. Minha irmã Gunvor ainda estava na adolescência, tinha 16 anos. Os filhos de Hjördis, que agora criávamos como nossos irmãos menores, moravam conosco. Meu pai havia morrido e do meu irmão Rolf não se tinha notícia há muito tempo, não sabíamos se ele estava vivo ou morto. Se estivesse vivo, onde estaria?

Éramos muito visadas e visitadas com frequência por soldados. Nem se quiséssemos poderíamos esconder ninguém com segurança. O que fazíamos era não delatar quem estava escondendo alguém e dar assim o nosso apoio. Mas passávamos por cada susto!

Certa vez, por ocasião de uma visita surpresa de Haakon, nós estávamos escondendo em casa um outro primo que também havia ingressado nos grupos rebeldes. Ele tinha a função de monitorar as conversas por rádios que os alemães usavam para se comunicar. Ele se conectava nas mesmas frequências e com isso passava as informações com a localização das tropas inimigas para o grupo da resistência poder agir. O melhor local para ouvir a transmissão era na sala e lá o primo passava muitas horas. De repente, Haakon apareceu em uma das janelas, foi uma surpresa geral. O primo teve que se jogar pela janela dos fundos e se esconder no meio da plantação de batatas, que por sorte estava alta e florida naquele ano. Apesar de alguma desconfiança, já que com toda a certeza escutou algum barulho, Haakon não conseguiu entender de fato o que se passou e o primo não foi encontrado por um triz.

Em um outro acontecimento, os integrantes das forças de libertação necessitavam resgatar um carregamento de armas e bombas que os soldados das Forças Aliadas haviam enviado. Os Aliados, usando aviões e paraquedas, soltaram a carga em um local afastado. O armamento deveria ser resgatado e levado para Lillehammer. Lá se foram os primos acompanhados de alguns amigos tentar apanhar a carga. Carregaram caixas e caixas repletas de armas e bombas na carroceria de um caminhão. Cobriram a preciosa carga apenas com uma lona plástica preta. Acharam que seria um bom disfarce se não tentassem esconder demasiadamente a carga enviada pelos Aliados.

Para tal missão eles se vestiram com os uniformes dos trabalhadores de uma empresa de eletricidade que prestava serviços para os nazistas. Quando estavam voltando e já próximo a Lillehammer, uma patrulha liderada por Haakon os parou. Bastava o *Quisling* levantar a lona e todo o carregamento estaria perdido e todos estariam em maus lençóis. Naquele momento passou por suas cabeças que havia chegado a hora de matar ou morrer, mesmo sendo Haakon um antigo companheiro de brincadeiras.

Haakon reconheceu os amigos de infância. Perguntou sorridente e de forma bastante amigável o que eles que estavam fazendo e o que estavam transportando. Os rapazes com enorme sangue frio se puseram a responder que estavam trabalhando para a empresa de eletricidade e haviam sido chamados para fazer um conserto. Haakon ficou feliz e sorriu. Acreditou que seus amigos e ele estivessem do mesmo lado e lutando pelas mesmas causas e ideais e os deixou partir sem inspecionar a carga.

- Aquele foi um dia de sorte. Ninguém morreu!

CAPÍTULO 8

"TOVARISCH!"

*As palavras de amizade e conforto podem ser
curtas e sucintas, mas o seu eco é infindável.*

(Madre Teresa de Calcutá)

Em maio de 1945, a Alemanha nazista se rendeu e Hitler havia desparecido. Ninguém sabia onde estava o Führer e as notícias sobre seu paradeiro eram incertas. Uns diziam que Hitler havia fugido para a América Latina e provavelmente estaria usando passaporte falso. Talvez tivesse viajado para a Argentina ou Brasil, ajudado naturalmente por uma rede de simpatizantes do seu partido. Outros, que ele havia sido morto por seus comandantes ou cometido suicídio junto com sua esposa Eva Braun. Alguns dos seus generais e pessoas do alto comando estavam optando pela mesma saída por temer o que futuro poderia reservar.

Muitos escolheram sair da vida e levar consigo toda a família, como os Goebbels. Joseph Goebbels era um dos mais importantes ministros de Hitler. Era ministro da propaganda nazista, um cargo extremamente importante. Fazia discursos eloquentes a favor do nazismo e arrastava multidões. Acabou ficando com medo e sem palavras ao ver que perdiam a guerra. Cometeu suicídio junto com sua esposa, mas antes, assassinaram todos os seus seis filhos que ainda eram crianças. A mais velha tinha doze anos e a mais nova apenas quatro. As crianças não tiveram escolha e nem futuro; foram envenenadas por seus pais.

- Enfim, o grande dia chegou - a guerra finalmente havia terminado.

Comemoramos muito a notícia do fim da guerra, saímos às ruas, dançamos, cantamos, agitamos bandeirinhas da Noruega, e elas se agitavam por todas as partes do país. Junto com a notícia do fim da guerra também chegava uma possibilidade de futuro e dias melhores. Renovavam-se as forças. A guerra na Europa tinha terminado. A nossa fome não.

O barulho das bombas e metralhadoras haviam cessado, os caminhões e tanques de guerra usados pelos soldados estavam abandonados e por toda parte havia destruição. No dia seguinte após termos comemorado exaustivamente o fim da guerra, estávamos minha mãe e eu na cozinha preparando uma sopa de batatas. Minhas irmãs encolhidas todas em um único banco de madeira esperavam famintas pela sopa que exalava um odor maravilhoso naquele dia. Estava uma noite fria como muitas outras, tínhamos alguns gravetos de madeira recentemente serrados e colocamos na lareira para nos aquecer.

Alguém bateu à porta, primeiro calmo e depois com muita força. Nós ficamos assustadas e cada uma se armou com um pedaço de madeira, cabo de vassoura ou um balde com água quente. Usaríamos como arma tudo o que estivesse a nossa disposição. Não tínhamos arma de fogo desde que meu pai morreu no atentado. Não queríamos que algum soldado alemão encontrasse armas na nossa casa. Mas agora a guerra havia terminado. Como nos defenderíamos de um ataque ou de alguém que viesse roubar a nossa pouquíssima comida? Eu me armei de coragem e abri a porta rapidamente na tentativa de assustar o possível predador.

- Era Rolf.

Meu querido irmão havia retornado. Estava magro, havia perdido os dentes da frente e os pés estavam inchados. Havia sido libertado e tinha as mãos imprestáveis para qualquer trabalho. Trazia com ele 16 soldados russos e estavam todos famintos. Durante seu cárcere em Grini, fez amizades com soldados russos, franceses, ingleses... Todos haviam sido capturados em combate. Com os russos Rolf construiu uma amizade especial. Como foi possível? Isso eu não sei. Rolf nunca aprendeu a falar russo e apenas conseguia dizer algumas palavras. Se comunicavam por sinais e desenvolveram uma linguagem própria. Se entendiam assim e como tal se tornaram camaradas.

Colocamos mais água e duas batatas na panela de sopa. Agora tínhamos muitas pessoas para alimentar. Rolf e os soldados russos chegaram caminhando. Haviam caminhado durante toda a noite. Estavam exaustos e com frio. Após tomarem a sopa, se deitaram e dormiram em qualquer canto que conseguiram se encostar. Estavam agradecidos e aquecidos pelo calor que emanava da lareira acesa.

Pela manhã, os soldados russos munidos cada um com um pedaço de pão que havíamos preparado em casa, continuaram sua viagem e partiram. Se despediram de nossa família com um largo sorriso e dizendo:

- *"Tovarisch!!" - Camarada em russo.*

A guerra havia terminado na Europa. No entanto, no Japão, que havia lutado ao lado de Hitler fazendo parte das forças do Eixo, as batalhas continuavam e pareciam estar longe de acabar. A bomba atômica que Hitler não conseguiu desenvolver na Noruega foi construída pelos Estados Unidos. Uma bomba recém-inventada e nunca usada na história foi jogada de um avião nas cidades de Hiroshima e depois em Nagasaki. Ouvi essa notícia no rádio alguns dias depois do acontecimento. O Japão que havia lutado junto com as forças alemãs foi forçado a se render. A destruição devastadora causada pela bomba dizimou pessoas instantaneamente. Assim, com o Japão se rendendo, terminava de uma vez por toda a guerra. A bomba era tão poderosa que continuou matando japoneses durante muitos anos por causa da radiação. A destruição foi tanta que nunca mais a bomba atômica foi usada novamente.

Imagina se a central hidroelétrica não tivesse sido sabotada? Teria sido Hitler a ganhar a guerra? E se todo esse poder tivesse ficado nas mãos de Hitler? O que teria sido de nós? Seríamos a Europa que somos hoje? E pensar que alguém da minha família que não tem seu nome gravado na história, mas apenas um memorial na sua lápide, teve participação para essa conquista que entraria para os livros de história como *A Operação Gunnerside*. Meu primo, nosso orgulho.

Rolf nunca mais pode lutar boxe. Pagou caro por sua atitude e por sua revolta quando decidiu se vingar atacando um comandante alemão. Nunca viajou para Rússia e nunca mais encontrou seus amigos soviéticos. Virou comunista ferrenho até sua morte. Nas olimpíadas torcia para União Soviética. Os russos venciam todas as lutas. De acordo com Rolf, é claro e se os russos perdessem, a culpa era sempre dos juízes.

Ele sempre se sentava no sofá em frente a televisão e imitava todos os movimentos de boxe dando socos no ar com as mãos fechadas. Repetia a palavra camarada em russo a cada vez que algum boxeador subia ao ringe ou ao pódio. Então ele com os punhos levantados dizia:

- *"Tovarisch!!"*

CAPÍTULO 9

PLANO EM AÇÃO

Se não puder voar, corra.
Se não puder correr, ande.
Se não puder andar, rasteje,
mas continue em frente de qualquer jeito.

(Martin Luther King)

Eu decidi ir para a Suécia. Agora que a guerra tinha terminado já não existiam impedimentos como os que Terje e Björn haviam encontrado. As fronteiras já não estavam vigiadas e era possível fazer a viagem em segurança. Nas poucas vezes que recebi alguma notícia de Björn ele insistia em contar que na Suécia havia uma rede de apoio para quem conseguisse ultrapassar as fronteiras, e que eles proviam frentes de trabalho e moradia em local provisório com três refeições diárias. A palavra salário e comida farta era um sonho. Já fazia muito tempo que não víamos dinheiro ou tínhamos comida suficiente.

A Suécia não havia sido invadida, mas estava em séria crise econômica como todo o continente que estava destruído e necessitava ser reconstruído. Havia muita fome e destruição em quase todos os países. De qualquer forma, eu comecei a traçar os planos da viagem. Convidei minha amiga Martine para irmos juntas para Suécia e ela concordou imediatamente. De repente, seus olhos começaram a se encher de brilho e ela se tornava novamente aquela Martine que eu conhecia antes da guerra. Uma menina cheia de sonhos renascia a cada etapa do planejamento. A tarefa era desafiadora, estávamos famintas, havíamos comido muito pouco durante os anos de guerra. Não tínhamos dinheiro, mas tínhamos nosso *spark*, nosso velho e bom amigo *spark* de madeira.

Decidimos não esperar e partirmos no mesmo ano. Era dezembro. Era preciso ir procurar trabalho. Minha mãe ficaria em Lillehammer com minhas irmãs e meus sobrinhos, filhos de minha irmã Hjördis. Agora que Rolf estava lá eu poderia partir. Juntamos nossas poucas provisões e nossos surrados casacos de inverno. Saímos pela manhã bem cedo. Nos despedimos de nossas famílias com um longo abraço. Eles depositavam em nós a esperança de dias melhores. Na noite anterior à nossa partida fomos iluminados pelas luzes de uma aurora boreal no céu de Lillehammer. Entendemos como um sinal, um presságio de boa sorte.

Era muito cedo quando colocamos nosso *spark* na frente da porta de casa. Em alguns minutos estaríamos a caminho da terra da liberdade; era assim que costumávamos chamar nosso vizinho, a Suécia. Havíamos planejado escorregar nosso *spark* pela neve compactada por dois dias e já estaríamos no nosso objetivo, a cidade de Sågmyra, na Suécia, onde conseguiríamos emprego, como nos garantiu nosso amigo Björn.

Devo confessar que nem tudo saiu como o planejado. Logo no final do primeiro dia, nosso velho e valente *spark* de madeira não aguentou a viagem. O plano era o seguinte: durante uma hora, Martine se sentaria na cadeira do *spark* e eu me encarregaria de fazer o *spark* deslizar sobre a neve o empurrando com as minhas pernas. Depois caminharíamos por uma hora. Então era a minha vez de me sentar no *spark* e logicamente Martine faria o trabalho de nos empurrar. Achamos que com isso estaríamos mais descansadas e pouparíamos o nosso meio de transporte.

Não deu certo. O *spark* se partiu em dois em uma descida onde alcançamos uma velocidade alta que nós não tínhamos planejado. Era Martine quem estava sentada na cadeirinha. Não nos machucamos, mas acabamos rolando na neve. Apesar do tombo e da destruição

GERDA

total do nosso *spark* estávamos felizes e demos boas gargalhadas. Mas faltava ainda um longo caminho para percorrer e a noite estava chegando. Quando a noite caiu acendemos uma fogueira com alguns gravetos. Estávamos à beira de uma estrada. Talvez alguém passasse e nos desse uma carona, mas que nada. Esperamos e esperamos até que caímos no sono. Nos abraçamos para nos aquecer com o calor de nossos corpos dentro da tenda que havíamos montado.

Na manhã seguinte bem cedo desmontamos nosso acampamento, juntamos nossas coisas e seguimos viagem. Optamos por seguir sempre na beira da estrada, pois teríamos que caminhar, já que nosso *spark* havia sido destruído. Fizemos a viagem a pé e nem vimos o tempo passar. Conversamos animadamente sobre o futuro.

- Como ele seria? E se tudo o que ouvimos não fosse verdade?

Martine tinha um contato extra; um parente próximo, uma tia que havia se mudado para a Suécia antes do início da guerra e que morava em Gotemburgo e talvez ela pudesse nos ajudar. Caminhamos por quatro dias até chegarmos em Sågmyra. Estávamos exaustas. Fomos logo nos colocando em uma fila onde pessoas de vários países se cadastravam para uma vaga de emprego e um local para dormir. Conseguimos uma vaga em uma fábrica de cobertores que se chamava Tidstrands e um quarto com aquecimento incluído. *Um sonho!!* Estávamos delirantes! Na Noruega já não havia aquecimento fazia muito tempo. Também recebemos uma caneca de sopa de legumes quentinha.

- Legumes!!! Não eram apenas batatas, exclamou Martine radiante.

Após nosso primeiro dia de trabalho na fábrica recebemos um adiantamento de salário. A primeira coisa que fizemos foi comprar uma torta enorme e cheia de cremes. Dividimos uma torta que normalmente seis ou sete pessoas poderiam comer. Dividimos ao meio. Comemos tudo, lambemos o papel e os dedos. Havia muitos anos que não comíamos uma torta de creme. Na realidade, havia muitos anos que não tínhamos acesso à comida. Já fazia muito tempo que eu não sabia o que era não sentir fome o tempo todo.

Passamos aquela noite inteira com diarreia severa. Martine usava o banheiro; eu batia na porta desesperada, querendo entrar. Quando eu me sentava no vaso, lá estava Martine batendo na porta novamente. Foi uma noite de rainhas sentadas no trono. Valeu a pena cada cólica abdominal que sentimos. Foi um sonho ter dinheiro para comprar e comer aquela torta. Nós nos lembraríamos desse momento o resto de nossas vidas.

Martine e eu trabalhamos por algum tempo na fábrica de cobertores enquanto dividíamos um pequeno quarto em Sågmyra. Algumas vezes trabalhávamos extra para poder comprar cobertores e mandar para nossas famílias na Noruega que continuava a ser um país muito pobre.

Um ano depois, Martine e Björn, nosso amigo de infância, estavam apaixonados e foram viver juntos. Mudaram-se para outra cidade. Antes da guerra sonhávamos em dizer sim para o Haakon em uma igreja em Lillehammer, mas foi Björn quem ganhou o coração de Martine. Eu havia começado um relacionamento com Rapp, um jovem sapateiro sueco. Era um pouco mais novo que eu e morava nas proximidades, com quem me casei dois anos mais tarde, já grávida do nosso primeiro filho.

CAPÍTULO 10

DEPOIS DA GUERRA

A esperança é o sonho do homem acordado.

(Aristóteles)

O primeiro ano após o fim da Guerra foi o mais difícil. Era necessário reconstruir e reerguer as casas, as cidades, os sistemas de água e esgoto, aquecimento, escolas, igrejas e sobretudo levantar o moral em um continente destruído. Começaram a surgir os primeiros relatos sobre a dimensão das atrocidades e das mortes de pessoas nos campos de concentração nazistas. Auschwitz-Birkenau, Treblinka, Sobibor, Bergen-Belsen e Dachau, eram muitos os campos. Descobriu-se que havia um plano macabro dos nazistas para exterminar todos os judeus existentes na Europa. Era chamado *A Solução Final para o Problema Judeu.*

Conforme os Aliados iam liberando os campos de concentração revelam-se multidões de corpos amontoados. Era difícil contar os mortos. Os sobreviventes pareciam zumbis e não pessoas. Não apenas os judeus foram vítimas do massacre. As vítimas também eram os ciganos, deficientes físicos, homossexuais, prostitutas ou inimigos do regime nazista. Os mortos foram contados em milhares. O mundo considerado civilizado e que desejava construir um futuro, não poderia aceitar essas mortes como consequências da guerra. Era crime, e assim deveria ser julgado.

- E foi.

Chegavam notícias esporádicas pelas rádios que havia um tribunal militar formado pelos Aliados para julgar tais crimes de guerra na cidade de Nuremberg, na Alemanha, e que os líderes nazistas estariam sendo sentenciados e condenados à morte.

Vários noruegueses que apoiaram a invasão foram presos e levados para os campos de concentração que agora estavam transformados em prisões. Haakon, considerado oficialmente como traidor da pátria foi levado para Grini, mesmo local em que Rolf ficou preso por vários anos. Por ter sido considerado apenas um soldado sem muita importância foi liberado para seguir a vida após alguns meses de cárcere.

Anos mais tarde, o pai de uma menina judia encontraria e publicaria um diário. No diário a menina narrava os meses que ela passara escondida com sua família em um pequeno sótão em Amsterdã até serem encontrados pela Gestapo. Foram levados para Bergen-Belsen onde ela, a mãe e a irmã não conseguiram sobreviver. O nome da menina era Anne Frank.

A configuração política e geográfica também havia mudado muito. A Polônia, após a destruição de Varsóvia e de se livrar da ocupação alemã, havia caído direto nos braços de Stalin e agora estava sobre a influência do regime comunista. O Japão estava destruído após a bomba atômica ter sido lançado sobre Hiroshima e Nagasaki e o mundo ainda estava assustado com o poder devastador da tal bomba.

As teorias sobre o que teria acontecido com Hitler começavam a desaparecer e cada vez mais eu tinha certeza de que ele estava morto. Se ele cometeu suicídio ou se foi morto por algum comandado eu não tinha certeza, mas morto ele estava sim. Com certeza não tinha conseguido escapar para a América Latina. Eu confesso que comecei a sonhar em visitar o Brasil ou a Argentina algum dia.

A Alemanha novamente havia perdido uma guerra e os vencedores do conflito novamente não sabiam o que fazer com ela. A Alemanha, por ter perdido a primeira guerra, foi obrigada

GERDA

a pagar enormes tributos para reparar os custos da guerra aos países vencedores, o que terminou por gerar o nascimento do nacionalismo alemão e o aparecimento de Hitler. Desta vez os vencedores não queriam cometer o mesmo erro. Então decidiram repartir a Alemanha entre eles. A parte oriental agora pertencia à União Soviética e a parte ocidental dividida entre a Grã-Bretanha, França e Estados Unidos. No final das contas a Alemanha se viu dividida entre o comunismo e o capitalismo.

A União Soviética e Estados Unidos eram as duas forças que agora despontavam e começavam a comandar o mundo. Eles haviam lutado juntos contra o nazismo. Entretanto, já não conseguiam se entender e um muro foi construído no meio da cidade de Berlim. Ninguém tinha autorização para passar de um lado ao outro. Quem tentasse sofria sansões que normalmente era a perda da própria vida. Era quase impossível tentar escalar o muro, passar por seus arames farpados e não ficar na mira de atiradores armados com seus rifles. O muro de Berlim separava famílias e amigos. Rolf, que havia se tornado comunista desde que fizera amizade com os russos enquanto esteve em Grini, tinha certeza de que União Soviética sabia o que estava fazendo e que os russos eram seus camaradas. Rolf contraditoriamente gostava dos carros Ford americanos e da liberdade que os Estados Unidos pareciam oferecer.

Esses anos passaram rápido. Envolvida com a minha vida que também havia mudado eu quase não me dei conta que já era mãe. Rapp e eu havíamos tido dois meninos. Dei ao meu primeiro filho o mesmo nome de meu irmão, Rolf. Ao meu segundo filho dei o nome de meu melhor amigo, que me indicou o caminho e me incentivou imigrar para Suécia, Björn. Eu quis acrescentar nome do deus viking Tor, o deus da batalha e do trovão e meu filho virou Torbjörn.

CAPÍTULO 11

E A VIDA SEGUE

Apressa-te a viver bem e pensa que cada dia é,
por si só, uma vida.

(Sêneca)

A essa altura, Rapp trabalhava em uma fábrica de sapatos, a Sjöberg & Haglunds Skofabrik, em Bjursås, uma pequena cidade na Suécia onde passamos a morar. Lá existiam máquinas de lavar e secar roupas coletivas que os funcionários e seus familiares tinham permissão para usar. Podíamos lavar cobertores e cortinas sem maiores problemas. Liv, minha irmã, veio para me ajudar com as crianças e ela parecia adorar essa vida nova. Ela que havia passado tanta fome durante praticamente toda a sua vida podia agora comer sem preocupações e aos domingos podia saborear a nossa sobremesa predileta: *Ris a la Malta*. Uma espécie de pudim de arroz-doce bastante cremoso com tangerinas e canela, juntamente com um creme de frutas que podia ser feita com morangos ou amoras silvestres.

Rapp e eu íamos construindo nossa vida. Morávamos muito próximo a Sågmyra. Éramos uma família simples, mas tínhamos muito mais que nossos parentes em Lillehammer. Dez anos após a guerra a Noruega ainda era uma terra arrasada e faltava quase tudo. Apesar de Rapp e eu não termos muito dinheiro, passávamos as tardes junto à mesa da cozinha imaginando estratégias e traçando planos sobre como viajar para Lillehammer para visitar a família e levar alguma ajuda para eles.

GERDA

Costumávamos viajar a Lillehammer uma ou duas vezes por ano. Não tínhamos como comprar passagens. Então, aproveitávamos que a cada três ou quatro meses um caminhão saia da Noruega com um carregamento de manteiga para entregar na Suécia e, ao voltar vazio para a Noruega, nos dava carona até Lillehammer. Era um transporte ilegal, não se podia dar carona. Conseguíamos essa ajuda porque minha irmã Marta continuava trabalhando na fábrica de queijos. Após todos esses anos, Marta conhecia quase todos os funcionários e havia conseguido vagas de trabalho para muitas pessoas após a guerra. Com o motorista do caminhão que transportava a manteiga não era diferente. Marta lhe havia conseguido o emprego e pedia para ele nos ajudar porque nós sempre levávamos alguns suprimentos para a família.

Era um caminhão Volvo vermelho, ano1955, para-lamas preto e com a carroceria aberta. Eu e meu filho menor Torbjörn íamos sentados na frente com o motorista. Rapp e meu filho mais velho Rolf viajavam na carroceria, enfrentando uma jornada que demorava entre oito e nove horas. Ainda havia fome, a comida era pouca, não se podia atravessar a fronteira com qualquer tipo de sortimento que não fosse de uso pessoal. Era proibido sair da Suécia carregando roupas, comida ou qualquer coisa que não fosse estritamente necessário para uso próprio ou que não se pudesse explicar a real necessidade. E não adiantava ter apenas boas intenções como as nossas. - *Era proibido e pronto!*

Toda a bagagem era checada na alfândega e havia o risco de se perder todo o nosso carregamento. Mas isso não nos impedia de tentar e traçávamos planos. Estávamos sempre com pães extras escondidos em algum lugar, as vezes deixávamos alguns pacotes de pães como isca para serem encontrados e assim conseguir chegar na Noruega com outros quatro ou cinco pacotes que com sorte não seriam encontrados pela fiscalização. O pão era um artigo de luxo na Noruega, onde continuava a se fabricar um pão ruim da época da guerra e ainda era um pão seco e duro. Já na Suécia os pães haviam evoluído e eram macios e saborosos. Sim, eu contrabandeei alguns pacotes de pães para a alegria de família e vizinhos.

Para conseguir levar roupas, Rapp e as crianças vestiam várias peças com diferentes tamanhos, usavam três ou quatro meias e duas blusas de inverno. E claro, as roupas extras nunca voltavam de Lillehammer. Em uma certa ocasião Rolf precisava de sapatos pois não existiam sapatos novos na Noruega. Mas havia um problema: Rolf calçava um número muito maior que Rapp. O enigma foi resolvido com Rapp calçando várias meias e colocando algodão dentro dos sapatos enormes. Rapp se sentaria na carroceria do caminhão usando os sapatos e o problema estaria resolvido, foi o que nós pensamos. Na alfândega, a patrulha da fronteira resolveu conferir toda a nossa bagagem para ver se havia alguma coisa extra. O patrulheiro pediu para a gente descer do caminhão. Rapp desceu tentando se equilibrar e se esforçou para parecer normal andando todo desengonçado com um par de sapatos enorme nos pés. Os sapatos velhos que Rapp estaria usando na volta estavam dentro da mala e ele estava usando um par de sapato novos e brilhante nos pés. Os sapatos que estavam na mala foram apreendidos porque foram considerados extras e Rapp voltou descalço de Lillehammer, mas Rolf se casou com um par de sapatos novos.

Eu, por minha vez, estava sempre vestida com várias peças íntimas. Meias e sutiãs eram três ou quatro. Bolsas eram umas dentro das outras e normalmente eu usava dois pares de sapato. Costumava ser uma sapatilha para voltar e um sapato que eu deixava lá em Lillehammer para alguma de minhas irmãs.

Nesta época, uma das minhas preocupações era meu filho menor. Percebi que toda vez que ele via ou escutava o barulho de um avião ficava muito assustado e sem controle. Se estivesse brincando com amiguinhos na rua ele se jogava dentro de uma vala ou se escondia embaixo de algum arbusto. Na sua cabecinha o importante era não ser visto do céu, onde o inimigo poderia disparar tiros de metralhadora contra ele.

As agruras da guerra eram assunto recorrente em casa. Falávamos sobre como meu pai e primos eram envolvidos nas guerrilhas

GERDA

e na luta armada, do som dos tiros, das explosões das bombas, do sentimento de medo ao perceber um avião inimigo e dos ataques aéreos. Durante os anos de guerra, quando víamos um avião com a suástica, nós deveríamos procurar abrigo correndo. Era questão de vida ou morte ter onde se esconder. Qualquer lugar era melhor que ser visto. Um certo dia percebi que Torbjörn escutava nossas conversas. Ainda era uma criança muito pequena; cinco ou seis anos, e provavelmente ficava abalado e manifestava reações físicas de medo extremo e se sentia ameaçado por um perigo que já não existia. Decidimos que os assuntos tocantes à guerra, ficariam restritos aos locais em que somente adultos pudessem conversar. Era necessário proteger as crianças, elas não precisavam passar pelo que eu passei. Elas deveriam crescer livres e sem medo.

Os anos passaram para minha mãe muito rapidamente. Ela estava muito envelhecida e doente. Queríamos agradar levando um aparelho de televisão para que ela pudesse se distrair um pouco. Era impossível comprar uma televisão na Noruega, não havia dinheiro e pouquíssimas famílias tinham conseguido ter um aparelho em casa. Rapp pensou rápido em como resolver a situação. Pedimos um carro emprestado a um amigo e nele faríamos a nossa viagem. Como sempre, para aproveitar a viagem nos vestimos com muitas peças de roupas e tentamos levar um pouco mais do que normalmente levaríamos, já que desta vez tínhamos um automóvel. O carro estava lotado de coisas e tudo era "extremamente necessário".

Na alfândega fomos parados para a checagem:

- *E essa televisão?* Perguntou o agente da patrulha com os olhos incrédulos ao ver aquele aparelho.

Rapp respondeu com a maior calma do mundo.

- *Não tem televisão para onde iremos, e não queremos perder as notícias da Suécia. Além do mais as crianças não dão sossego, estão acostumadas a ver os programas infantis, elas até estão aprendendo a contar em inglês,* completou Rapp com muita calma.

Dizendo isso, Rapp olhou para os meninos que começaram: *one, two, three, four...*

O agente olhou para nós, olhou para a televisão, depois para as crianças e disse:

- *Ok. É um item de uso pessoal.*

A televisão passou pela alfândega e minha mãe ficou muito contente com o presente.

CAPÍTULO 12

AMIGOS OU INIMIGOS?

Não somos ricos pelo que temos,
e sim pelo que não precisamos ter.

(Immanuel Kant)

Eu trabalhava para ajudar Rapp nas despesas da família. Lavava, passava, cozinhava, fazia o que fosse necessário para famílias abastadas da região para ganhar algum dinheiro. O continente ainda estava se recuperando e era difícil para todos nós, a luta pelo pão de cada dia era árdua. Muitas crianças ficaram órfãs na guerra. Eram crianças e adolescentes que haviam perdido pai e mãe ou que haviam de alguma forma se separado das suas famílias. Existiam crianças e adolescentes órfãos de todas as nacionalidades que sobreviviam nas ruas. Na minha família, um tio de Rapp e sua esposa haviam adotado um menino finlandês, que também era mais um órfão que a guerra havia produzido.

Um certo dia, uma família sueca sabendo que eu era norueguesa e, que por ter sido o país ocupado pelos alemães durante a guerra, supôs que eu saberia falar alemão.

- Sim, eu sabia falar alemão.

Quando os soldados de Hitler nos invadiram foi necessário aprender alemão para nos comunicarmos. Precisávamos mostrar nossa carteira de identidade toda vez que ela era solicitada. Era preciso falar em alemão para pedir comida ou implorar pela vida, sim... eu falava alemão.

A família tinha conseguido a guarda temporária de duas meninas que estavam órfãs. Mas a nova família não falava o idioma delas e não conseguiam se comunicar com as meninas que passavam os dias assustadas ou chorando. Se chamavam Heide e Olga.

É claro que eu poderia olhar para elas como inimigas. Eram alemães, tais quais aqueles que invadiram meu país e tomaram minha vida de assalto, que roubaram meu futuro na universidade, que foram responsáveis pela morte prematura de meu amigo Kjell, e que como tal deveriam ser responsabilizados pela tragédia de Rolf que teve seus sonhos de lutar boxe destruídos em um campo de concentração. Os mesmos alemães que deixaram o corpo do meu cunhado, pai de três pequenas crianças pendurado em uma cerca como aviso aos transeuntes, que impossibilitaram o tratamento de minha irmã e que também mataram o meu pai.

Mas naquele momento Heide e Olga não eram somente alemães, eram também vítimas da guerra. Assim como elas havia muitas outras vítimas. Nem todo alemão era nazista. Muitos haviam ajudado a salvar vidas. Muitos não aceitaram a ideologia de Hitler. Entretanto, todos estavam sendo punidos da mesma maneira somente porque eram alemães. As meninas eram um pouco mais velhas que meus filhos e estavam assustadas. Passei a me encontrar com Heide e Olga diariamente. Começamos uma conquista de ambos os lados. Eu as conquistei e elas me conquistaram. Após cinco anos de nossa convivência elas reencontraram parte da família e voltaram a viver na Alemanha.

No mundo havia começado um outro tipo de conflito que colocava os vencedores da guerra em lados separados: comunistas e capitalistas. Era uma guerra sem armas, era uma guerra de palavras, de ameaças. Era chamada de Guerra Fria porque congelava os nossos nervos. Ambos os lados começaram uma corrida armamentista e a produzir armas cada vez mais potentes. Quem construiria a bomba mais potente? Quem conquistaria o universo? Quem seria capaz de chegar à lua primeiro?

- *Os americanos chegaram primeiro!*

GERDA

Foi em julho de 1969 que Neil Armstrong pisou na lua, mas foi um russo, Yuri Gagarin que anos antes, em abril de 1961 fez a primeira viagem ao espaço e contou para todo mundo que a Terra era azul.

Havia a certeza de que em algum momento os russos ou os americanos apertariam um botão vermelho que existia em seus gabinetes e que a destruição seria tamanha, pouca coisa sobraria do mundo como conhecemos. As pessoas comuns ainda estavam assombrados com os efeitos da guerra e temíamos outra. Esperávamos que a Organização das Nações Unidas que havia sido formada no final da guerra pudesse cumprir seu papel, ser atuante e nos manter distantes de um novo conflito armado. Estava na hora de ter paz. Eu não queria experimentar outra guerra. Não desejava que meus filhos vivessem em um mundo destruído.

Com o passar do tempo a Europa começou a mudar rapidamente e o mundo passou a se recuperar dos anos de guerra. No início de 1970, o governo norueguês anunciou que havia descoberto petróleo após uma longa procura e um enorme investimento. Um líquido valioso que poderia mudar a história do nosso país. Poderíamos finalmente sair da pobreza.

- *Seria essa a nossa alternativa?*

Precisávamos de um plano nacional que nos guiasse sobre como usar esse ouro negro. Quanto tempo iria durar a exploração? Podemos utilizar todo o dinheiro? Quanto vamos aplicar na reconstrução do país? Discutíamos sobre o petróleo todas as vezes que íamos a Lillehammer. Bastava nos sentar à mesa para o café, almoçar ou acender um cigarro. Os homens estavam animados com a possibilidade de emprego e um possível aquecimento na economia que estava estagnada. Não sabíamos o que ia acontecer, mas torcíamos para que alguma coisa melhorasse. *Tinha que melhorar!* Se o nosso governo soubesse o que fazer, se não desperdiçasse a chance... Ia melhorar sim. Todos nós acreditávamos e tínhamos esperança.

Björn e Martine haviam ido para os Estados Unidos. Foram em busca de uma vida melhor. Björn havia se tornado um exímio pianista e dirigia uma grande orquestra. Muitos suecos já haviam partido para os Estados Unidos e alguns conseguiram até ficar famosos, como Greta Garbo e Ingrid Bergman. O melhor boxeador sueco e o mais famoso nos Estados Unidos nessa época era Ingmar *"ingo"* Johansson, que no final de 1950 se tornou campeão de peso-pesado. Era o único boxeador que meu irmão Rolf reconhecia como sendo melhor do que os boxeadores soviéticos.

Alguns anos mais tarde finalmente Björn voltou a Oslo para seu concerto musical, um sonho que havia sido interrompido por causa da guerra. Dizem que foi uma noite memorável. Nós não fomos. Estávamos por demais ocupados criando nossos dois filhos.

Terje voltou para Lillehammer no final da guerra. Era um judeu atípico, não praticava o judaísmo como religião, não frequentava a Sinagoga e não lia a Torá, apesar dos apelos de sua família que durante toda a sua infância tentou torná-lo um judeu ortodoxo. Terje amava as celebrações do Natal. Era a sua época favorita do ano e isso sempre era motivo de atrito com seu pai Samuel, um rabino, desde que Terje era criança. Quando Terje ganhava um presentinho de Natal de alguém da vizinhança ele sabia de antemão que não podia levar para a casa, porque como judeu não podia comemorar o Natal. Então, o carrinho, a bola ou o trenzinho ficavam guardados na minha casa ou na casa de algum coleguinha onde ele pudesse brincar. Terje nasceu, cresceu e viveu em Lillehammer. Como poderia não fazer parte de nossas celebrações ou não brincar com presente de Natal junto conosco? Cresceu com um conflito interno sobre quem ele era, o que esperavam que ele fosse e o que desejava ser.

Após escapar com Björn para a Suécia, todos os dias ele fazia planos para voltar para o que era seu. Trazia na memória seu pedaço de chão. Sentia falta do cheiro das flores, do ar, do cantar dos pássaros... Assim que a guerra terminou Terje estava de volta. Em Lillehammer virou professor de história. Melhor profissão ele não poderia ter escolhido, não é mesmo?

GERDA

Viveu sozinho desde aquele fatídico dia em que escapou dos nazistas sendo escondido e alimentado nos porões pelos vizinhos que o conheciam desde criança. Nunca mais reencontrou sua família e não sabe o que aconteceu com eles. Nunca recebeu uma notícia ou uma nota oficial do governo sobre o paradeiro de sua família. Eles simplesmente nunca voltaram!

CAPÍTULO 13

A ALMA VIVE

A vida é o que fazemos dela.
As viagens são os viajantes.
O que vemos não é o que vemos,
senão o que somos.

(Fernando Pessoa)

Quando o muro de Berlim foi derrubado, Rolf já havia morrido há quase dez anos. Ele não ficaria feliz com a derrota de seus camaradas nessa nova guerra silenciosa que o mundo havia presenciado. Uma guerra sem armas, uma guerra de ideologias.

Quando o muro caiu, a União Soviética não demorou a desmoronar. Os países que faziam parte do grupo foram se separando. Surgiram diversos países como Armênia, Geórgia, Cazaquistão, Letônia, Lituânia... de um dia para o outro passou a existir tantos países no mundo que já não era possível contar com os dedos das mãos.

A Polônia, o primeiro país conquistado por Hitler, acabou passando mais de 40 anos dominada pelos russos e em 1990 se viu finalmente livre e pode recomeçar como país independente.

Heide e Olga agora já são duas mulheres adultas e voltam todos os anos para me visitar. Nunca nos separamos. É uma alegria encontrar com seus filhos e vê-los crescer e acreditem, Heide já tem um netinho.

Liv, que há muitos anos veio morar comigo, se casou cedo, conheceu um viking sueco, foi viver com ele e tiveram três filhos. *Três filhos!*

GERDA

Tenho câncer.

Estou morrendo.

Já não tenho muito tempo.

Quero passar a eternidade aqui, no país que escolhi para viver. Nasci norueguesa e vou morrer sueca.

Não viajei para a Argentina ou visitei o Brasil. O mais próximo que fiz foi ler poemas de Fernando Pessoa, meu autor de língua portuguesa favorito. Nunca mais usei cabelos longos. A sensação de oxigenação da alma que consegui naquele domingo depois da missa onde cortei freneticamente meus cabelos continua comigo.

Meu querido Rapp. *Ah...* Meu querido Rapp também já não está entre os vivos. Foi pego de surpresa em um ataque cardíaco há quinze anos.

A Noruega já não é um país pobre. Após a descoberta do petróleo o país enriqueceu como nação. Reconstruímos nossas cidades e somos um país independente.

Para o mundo que eu não verei ou viverei desejo que as pessoas possam viver em paz, que não tenham que presenciar outra guerra ou outra pandemia como a Gripe Espanhola e que as pessoas não precisem temer um novo vírus devastador no futuro. Espero que a Organização das Nações Unidas continue fazendo sua parte.

Após a guerra passei alguns anos assinando jornais noruefueses para ter notícias da minha cidade e para ler no meu idioma natal. Os jornais levavam uma semana para chegar. Então eu estava sempre uma semana atrasada. Quando era necessário eu escrevia cartas. Eu precisava ter papel, caneta, comprar selos, envelope, colocar nos correios e esperar alguns dias para que a carta chegasse ao destino. Depois de lida, a carta teria que ser respondida. Novamente alguém teria que comprar selos, envelope e enviar para os correios. Levava no mínimo dez ou quinze dias para que eu recebesse uma resposta.

JÚLIA DANIELSSON & CARL DANIELSSON

Com o passar dos anos, as pessoas que eu conhecia foram deixando de existir. Lillehammer foi crescendo e se modificando. As pessoas que eu conhecia mudaram de cidade ou morreram. Até o idioma mudou. As palavras que eu usava eram as mesmas desde que deixei a Noruega em 1946. Muitas já não faziam sentido, se tornaram obsoletas como eu. Deixei de assinar os jornais porque as notícias já não me interessavam. Deixei de enviar cartas e passei a usar o telefone. Que invenção maravilhosa - *O telefone!!*

Usar o telefone não era nada fácil. O telefone era basicamente uma caixa de madeira com um alto-falante e um microfone. *Pasmem, não tinham números!* Era um telefone a manivela. Daí, a gente tinha que levantar o alto-falante, rodar a manivela para chamar a telefonista e esperar até que ela atendesse do outro lado. Era necessário falar para a telefonista o número para o qual você desejava ligar. Eu costumava ligar para meus parentes na Noruega. Então eu falava o número do país e da cidade que era Lillehammer, depois colocava o alto-falante no aparelho novamente e fica esperando por uns 30 minutos. Enquanto isso, na central telefônica a telefonista fazia seu trabalho. Ela colocava nos devidos lugares os cabos com os números que eu falei para tentar realizar a ligação. Passados mais ou menos meia hora a telefonista ligava de volta e dizia: *Ligação para Lillehammer foi completada.* Só aí eu podia falar com a família. Era uma aventura fazer uma ligação porque muitas vezes a telefonista colocava os cabos nos lugares errados e a ligação ia para outro local e era preciso começar tudo de novo e esperar mais meia hora.

Em 1956-1957 compramos um telefone moderno e que trazia uma novidade - *os números!* A gente colocava o dedo no tambor e no número correspondente e girava até o final e soltava. As telefonistas desapareceram e muitas ficaram sem trabalho. Para usar o aparelho moderno, tirava-se o telefone do gancho, esperava dar o sinal de linha e se discava zero, zero. Isso indicava uma ligação internacional e era preciso aguardar outro sinal de linha. Depois disco o número do país – 47 e esperava dar outro sinal de linha. Discava o número da cidade de Lillehammer, espero outro sinal de linha e só então eu discava o número do telefone que eu queria falar. Era moderno, não tinha uma telefonista como intermediária e tinha os números que eu podia discar sozinha!! Tinha horário específico para ligar: era entre as 6 da tarde e 6 da manhã, caso contrário seria impossível pagar a conta telefônica.

Hoje eu já tenho um outro aparelho telefônico em casa e eles agora vêm com teclas!! Fica na sala, ainda é um artigo de luxo. Foi uma conquista importante. Eu e Rapp guardamos dinheiro durante um ano para ter nosso próprio telefone. Rapp escolheu o local onde ficaria e fez praticamente toda a instalação sozinho. O telefone está exatamente onde meu amado Rapp deixou. No final dos anos 80 eu vi uma novidade: era um telefone sem fios e com antena que podia ser carregado em uma bolsa e pesava quase meio quilo. Era impressionante poder falar da varanda ou de dentro do carro, sem ter que ficar preso em uma parede. Para testar se a novidade funcionava Rapp passava horas na varanda ligando para a cozinha.

Já tenho 86 anos, não posso reclamar. Vivi uma vida plena, criei laços de amizade com pessoas que eu poderia ter odiado. Sei usar o telefone celular e sei me conectar à internet. Minha mãe Thea foi ao seu modo uma heroína de guerra. Ao trabalhar na estação de trem ela facilitava a entrega de comida e água para prisioneiros. Impedia que os trens saíssem no horário por causa de alguma limpeza que ela atrasava deliberadamente e dando assim tempo de dez ou 15 minutos extras para o grupo de libertação da Noruega colocar mais algumas bombas nos trilhos. Eu também honrei meu nome, um nome que trago com orgulho, um nome cuidadosamente escolhido por meus pais. Sim, me chamo Gerda Iversen. Sim, fiz jus ao meu nome, fui esteio da minha família e carreguei esperança.

- Que mundo novo e maravilhoso é esse que chegará com o futuro!!!

Fim!